Der Flügelmann

Der Herr der Wolken

Thomas Stan Hemken

Der Flügelmann

Der Herr der Wolken

Impressum

Bibliografische Information der Deutschen Nationalbibliothek:
Die Deutsche Nationalbibliothek verzeichnet diese Publikation in der Deutschen Nationalbibliografie; detaillierte bibliografische Daten sind im Internet über http://dnb.dnb.de abrufbar.

Herstellung und Verlag: BoD – Books on Demand, Norderstedt

ISBN: 9783738619300

Inhalt

Kapitel 1
Der Beginn der Reise

Jede Reise beginnt bei Dir.

Sie endet bei Dir.

Und findet ohne Dich nicht statt.

Thomas Stan Hemken 1998

Es begann im Schlaf

Einschlafen.

Lichter so hell wie die Nacht.

Schwarzer Tau rinnt mir den Rücken entlang.

Nebel schluckt den Schall – mechanischer Atem.

Gedanken rasen aus mir hervor – ziehen mich mit, mit ihrem Sog.

Grenzen werden unsichtbar, festes verliert den Bestand.

Atome lösen sich, fliegen frei durch die Unendlichkeit.

Gefühle nehmen mich an ihre Hand.

Der Wille bricht, der Verstand verstummt im Nichts.

Reisender, Beobachter – nichts ist unmöglich.

Unendliche Vielfalt – unendliches Leben – und ich!

Farben entstehen, die es eigentlich nicht gibt.

Formen verwandeln sich in Formen

Alles fließt – alles ist...

Alles fließt – alles ist...

Zeit verschwindet

Worte – sind Energie

Alles ist alles – frei, wie noch nie

Thomas Stan Hemken 1997

Es war ein Nacht, wie jede andere. Er schlief und er träumt so dies und das. Doch dann kam der Moment, der diese Nacht anders machte, als alle Nächte zuvor.

Einen Albtraum hatte er oft schon erlebt. Beunruhigend, vereinnahmend, doch gewöhnlich. Diesmal war es anders. Er wusste nicht, ob er den Traum träumte oder erlebte! Er war so seltsam wach, wie er es selbst oft dann nicht war, als er sich wach nannte!. Ist es nicht so, dass von Gedanken getrieben, wir oft schon schlafend durch das Wache wandelten? Wir nicht wissen, was wir tun und uns fragen, ob wir uns nun am Abend vom Schlaf ausruhen müssen? Wenn das so ist, dann war er dieses mal wacher, als an vielen Tagen. Wach im Albtraum.

Da war diese Stimme! Fest und tief! Die eines unglaublich großen Wesens, wie es schien.

„Wach auf!" sagte sie. Er wurde wach. Setzte sich auf, die weiße Decke rutschte vom Oberkörper hinab. Doch er war nicht in dem Raum, in dem er eingeschlafen war! Er war – in gar keinem Raum!

Doch wurde er geweckt! Staunte und wusste nicht, wie er darüber denken sollte. Hilflos, wartend der Dinge, die da kommen mochten.

Alles um ihn herum war auf eine unbeschreibliche Art leer! Nicht einmal die Dunkelheit war dort! Er konnte klar und deutlich sein Bett erkennen, welches aber nun eher aussah, wie ein OP-Tisch oder war es ein Altar aus Metall? Er sah den Boden unter sich, der den Eindruck machte, wie eine unendliche große Glasscheibe im Nichts. Er traute sich nicht aufzustehen.

Er sah nach allen Seiten. Die Luft war so klar wie nie zuvor. Der Blick konnte sich in einer nie da gewesenen Klarheit ausbreiten – und endete im Nichts – egal, wohin er blickte.

Bevor Panik sich in ihm ausbreiten konnte, sagte die Stimme sanft: „Schau dich an!"

Er sah an sich hinunter. Er war nackt, was ihn seltsamerweise nicht beschämte. Er nahm die Decke weg, um zu schauen, ob er wirklich nackt war. Er war es. Aber dort, wo eigentlich seine Genitalien waren, war – nichts! Er nahm es hin, ohne sich zu erschrecken. Noch immer war er viel zu überrascht, um erschrocken zu sein. Er versuchte einfach nur zu verstehen, was hier vor sich ging.

Er dachte, er schliefe. Und nun war er wach. Er befand sich an einem Ort, an dem er nicht sein konnte und doch war er dort.

Fast schon, als wäre er bewusstlos gewesen und jemand hatte ihn verschleppt.

Nun fiel ihm auf, dass er weder Wärme noch Kälte fühlte. Kein Wind. Selbst die Decke, die an ihm herab geglitten war, hatte er nicht gespürt.

Plötzlich überkam ihm ein seltsames Gefühl im Rücken. Er drehte den Kopf und sah Flügel!

Große, weiße Flügel!

Was hatte das zu bedeuten? War er gestorben? War er ein Engel? War das ein Traum? War er bewusstlos?

Bevor er weiter denken konnte fand er sich auf der Straße wieder.

Verlorene Seelen

Er stand dort und sah die Menschen an sich vorbei ziehen. Ihre Blicke leer. Niemand sah ihn an. Die Augen starrten in eine hoffnungslose Zukunft.

Sie wussten nicht wohin. Sie gingen, sie wendeten. Dann gingen sie wieder, um wieder zu wenden.

Alle diese Menschen schienen so seltsam verwirrt und abwesend zu sein. Und alle hatten sie einen grau, schimmernden Punkt auf ihrer Stirn, der so flimmerte, wie ein Bildschirm, der nur Rauschen zeigt. Die Menschen, denen er näher kam, hoben ihren Zeigefinger an, auf dem sich ebenfalls solch ein schimmernder Punkt befand. Er spürte, dass er sich vor einer Berührung zu hüten hatte und wich ihnen geschickt aus, was auf Grund ihrer Trägheit allerdings auch nicht allzu schwer war.

Er wusste, dass es in der Schule eine Quelle gab. Dorthin ging der Flügelmann. Als er die Schule betrat, kam er in eine Aula. Dort waren viele Menschen. Alle, die ihm begegneten trachteten immer noch danach, ihn zu berühren. Doch er konnte ausweichen.

Die Menschen kamen aus der Richtung einer Treppe, welche nach unten führte. Er ging zu dieser Treppe. Auf der Treppe begegnete er vielen Menschen, die alle von diesem geheimnisvollem Fluch heimgesucht waren. Er wusste, dass er die Quelle ausfindig machen musste! Er wusste, dass er diese Quelle zu eliminieren hatte! Schließlich hatte er Flügel bekommen! Wenngleich er sie auch noch nicht nutzen konnte, um zu fliegen, denn das ließ die bisherige Situation nicht zu.

Es wurde immer schwieriger, den Gestalten auszuweichen. Es war sein Glück, dass sie ihm nicht nachliefen, sondern es immer bei einem trägen Versuch beließen.

Schließlich schaffte er es nun aber doch, das Kellergewölbe zu erreichen.

Was er dort sah, schockierte ihn!

Ställe! Boxen! Sie waren leer. Aber was hatten diese Zuchtboxen, wie man sie in der Schweinemast findet, in einem Keller einer Schule zu suchen?

Die schöne Gefahr

Dort hinten! Dort sah er eine Frau. Sie war wunderschön - in einem weißen Gewand. Nun erst bemerkte er, dass Menschen, die noch keinen schimmernden Punkt auf der Stirn hatten, ihm gefolgt waren. Doch sie hatten keine Notiz von ihm genommen! Sie waren zu besessen von der übernatürlichen Schönheit dieser Frau! Sie wollten zu ihr! Sie drängelten. Was sollte er tun? Sie warnen? Er wandte sich zu einer jungen Frau. Sie ignorierte ihn jedoch. Er mahnte sie, umzudrehen, nach oben ans Licht zu gehen. Doch sie nahm seine Drohungen gar nicht wahr! Sie sagte zwar: „mh" und „ja" aber er merkte, dass sie seine Worte gar nicht verstand! Er wandte sich wieder dieser Frau zu, die so wunderschöne war aber anscheinend ein grausames Werk vollbrachte und auf die Massen wartete, die auf sie zuströmten. Warum war er nicht davon besessen? Hatte er einen Schutz?

Er ging näher zu ihr heran. Dann sah er, was sie tat. Die Menschen gingen zu ihr. Sie berührte die Menschen lächelnd mit dem Finger an der Stirn und dann war es um sie geschehen. Als er noch näher herankam, sah er, dass die Schönheit der Frau wie ein

Schleier war, der sie umgab. Er konnte nicht genau sehen, was unter diesem Schleier war. Aber es fühlte sich sehr gefährlich an.

Immer noch wusste er nicht, was er tun sollte. Er ging einfach nur näher und näher - in der Hoffnung, dass ihm gewahr wurde, was es zu tun gab.

Dann sah sie ihn!

... und war verschwunden...

Er rannte die Treppe hinauf. Schaute sich hektisch um. Doch es war nichts zu sehen! Nur die umherirrenden Menschen überall. Orientierungslos, hilflos, gefährlich!

Was sollte das?! Wozu wurde er beauftragt? Wurde er überhaupt beauftragt?

Er erwachte.

Nur „ein" Albtraum

Der Tag danach war eigentlich ein ganz normaler Tag. Selbstverständlich hatte er keine Flügel. Wenngleich er manches mal verstohlen nachschaute, ob nicht doch vielleicht welche da gewesen wären.

Waren sie aber nicht.

Er dachte viel an diesen Traum. Was sollte der Traum ihm sagen? Er fühlte sich so unglaublich real an. Aber es konnte ja wohl kaum sein, dass er nun in dieser Welt nach Menschen mit schimmernden Punkten auf der Stirn Ausschau halten sollte. Natürlich nicht.

Aber er tat es! - Fand aber keine.

Der Tag verging und einige mehr. Er hatte den Traum fast vollständig vergessen, bis er einen weiteren Traum hatte.

Kapitel 2
Eine Andere Dimension?

Der Wind

Den Wind in den Haaren, Wind im Gesicht.

Leise - kaum zu hören, streichelt er dich.

Wo er herkam, was er bewegt, wird er dir verschweigen.

Und auch ob er in eine Richtung weht, wird er Dir keine Richtung zeigen.

Der Grenzen keine Last - unbegrenzt - und frei.

Hüllt er doch alles in sein Gewand - überall dabei.

Kein Traum wurde ohne ihn geträumt,

kein Abenteuer je erlebt.

Weil er im Gegenzug zu uns ewig weilt.

und doch ständig verweht.

Thomas Stan Hemken 2014

Fremd Zuhause

Er träumte, dass er in der gleichen Stadt war, in der er sich beim ersten Traum befunden hatte, als er dieses seltsame Wesen jagte. Jagte er es? Was war es? Eine Hexe? Ein Zauberer? Ein Alien?

Dieses mal waren die Menschen in der Stadt völlig normal. Er ging durch die Straßen und war bei vollem Bewusstsein. Er träumte nicht! Er kannte alle Straßen. Es war, als wohnte er selbst in dieser Stadt. Alles kam ihm so seltsam bekannt vor. Er ging in einen Einkaufsmarkt, der zwei Stockwerke hatte und er wusste, wo er welche Waren bekommen konnte. Es gab einen Wald mit einem See, nahe einer Straße. Alles war ihm so vertraut. In einigen Häusern wohnten

Menschen, die er sogar persönlich kannte. Er wusste das Alles! Aber er wusste nicht woher!

Gab es ein zweites „Ich" in dieser Welt? Er spürte, dass er nicht von hier kam - und dass er es doch tat. Er wusste etwas, was er nicht wusste! Gleich so, als wäre er in ein anderes „Ich" eines parallelen Universums gestiegen.

Die Menschen hier waren geschäftig. Es waren viele auf den Straßen. Das Bild jedoch war in einer Hinsicht so viel anders, als das, welches er aus seinem Leben kannte. Wenn man in seiner Welt, der Welt, die er Realität nannte, auf die Straßen ging, konnten sie noch so voll sein, man war allein! Jeder auf der Straße schien in einem unsichtbaren Kokon aus Einsamkeit gehüllt zu sein. Und jeder schien es geradezu zu verteidigen, indem niemand es wagte, sich umzuschauen -

geschweige denn, jemanden freundlich An-
zulächeln und zu Grüßen.

Hier war es anders. Die Leute strahlten eine
fröhliche Offenheit aus. Sie schauten sich
um, wie Kinder, die einen neuen Ort ent-
deckten. Waren wach und lächelten sich an.
Sie nannten sich beim Namen und auch
wenn sie ihn nicht wussten, grüßten sie
freundlich. Diese Art von Höflichkeit und
Frieden war so offen und ehrlich, dass es
sein Herz leuchten ließ.

Er ging durch die Straßen, auf eine Brücke
zu, die über einen kleinen Fluss führte, wel-
cher die Stadt durchzog. Auch diese Brücke
kannte er. Er blieb mitten auf dieser kleinen
Brücke stehen und schaute dem Bach hinterher. Der Bach verlief zwischen die Häuser
hindurch und dann hinter den Häusern
weiter in einen schönen Wald. Er schaute
dem Lauf nach und wurde sich des seltsa-

men Gefühls gewahr. Es war ein völlig neues Gefühl - ein einheimischer Fremder zu sein.

Ende des Friedens

Dann kam diese Stimme wieder in ihm auf! Mit tiefen, festem Klang sagte sie einfach nur: „In der Fabrik!"

Mit einem Schlag wurde sein Herz schwer wie Blei und er wusste, was er tun musste. Kaum hatte er diese Erkenntnis, fühlte er die Flügel. Und er sah sie auch. Gleich erschrak er! Was ist mit den Menschen um ihn herum? Erschrocken schaute er sich um. Eine junge Dame ging an ihm vorbei, blickte ihn freundlich an und grüßte ihn im weitergehen. Sie schien ihn zu kennen - und auch er schien sie zu kennen. Nur wusste er nicht woher! Es war, als wenn man einen

Menschen nach langer Zeit wieder trifft. Sie schien seine Flügel nicht zu sehen - oder sie waren in dieser Welt Normalität. Woher sollte er das wissen? Nun - sie hatte keine!

Es half nichts, er musste zur Fabrik und er wusste, wo er sie fand, obwohl er das eigentlich nicht wusste. Aber dies immer wieder festzustellen und zu erklären, machte es auch nicht leichter, damit umzugehen.

Er ging einfach, bis er an dieser Fabrik ankam. Dort war ein kleines Wärterhäuschen. Was sollte er denn nun tun? Sollte er einfach hingehen und sagen: „Guten Tag, ich bin der Flügelmann und muss mal kurz in diese Fabrik, weil dort eine Hexe oder ein Alien, ach egal was, ist. Danke und tschüss."

Nein, so konnte er es wohl nicht tun. Er musste unentdeckt bleiben. Ein Stapler fuhr an ihm vorbei. Er lief einfach schnellen

Schrittes neben dem Stapler her, so dass der Wärter in dem Häuschen ihn nicht sehen konnte.

Da war ein alter Lagerschuppen mit offenen Toren. In dem Schuppen war es relativ duster, dort konnte er sich kurz verstecken, um einen weiteren Plan auszutüfteln. Dies tat er sogleich.

Er verschanzte sich neben dem großen, offen Eingang der Halle und schaute durch die Ritzen des aus groben Brettern gezimmertem Verschlages über den Hof zu der Fabrik. Sie war aus roten Ziegeln gemauert. Plötzlich fiel ihm auf, dass die ganze Architektur dieser Stadt nicht die war, in der er sonst wohnte! Sonst wohnte? Aber er wohnte doch hier!?

Dann überkam ihn ein ungutes Gefühl, als ihm die einvernehmende Dunkelheit in diesem Schuppen bewusst wurde. Obwohl das Tor weit offen war, wahrscheinlich war es ein Rolltor, klebte die Dunkelheit nahezu in diesem Gebäude hier. Es war, als traute sich das Licht nicht hinein und die Dunkelheit respektierte die Grenze seines Reviers. Er traute sich kaum, sich umzudrehen und hinter sich zu blicken. Wie naiv war er gewesen? Er war in dieses Lager geflüchtet, ohne sich richtig umzuschauen und hatte sich gleich der Fabrik zugewandt. Weil er sich nicht traute, sich sofort umzudrehen, lauschte er sehr aufmerksam. Er hörte ein leises aber tiefes und durchdringendes Knurren hinter sich. Das war gar nicht gut!

Nun konnte er gar nicht mehr anders, als sich umzudrehen. Er blickte direkt auf die Zähne eines fletschenden Hundes - ungefähr Hüftgroß und unbekannter Rasse. Der Hund verschärfte nun sein Drohen und er merkte, wie Angst in ihm aufstieg. Wie gelähmt stand er nun da und wusste nicht mehr, was er nun tun konnte, denn mit der aufsteigenden Angst wuchs der Hund mehr und mehr bis er ein Schultermaß erreichte, das so groß war, dass der Hund ihm ohne aufschauen zu müssen direkt in die Augen sah. Die Augen des Hundes strahlten böse, wie ein Feuer eines lodernden Vulkans, welches gleich ausbrechen würde. Die mächtigen Zähne in dem bestialischem Kiefer mochten ihm wohl mit einem Biss den Arm durchtrennen können. Gierig tropfte Speichel von ihnen herunter, der heiß zischte, als er auf den Boden schlug, wie freigelassene Säure. Aus dem Hund wurde eine Bestie, die nur noch im Ansatz etwas von einem Hund hatte. So musste der Höllenhund aussehen, von dem so oft berichtet wurde. Es war wohl nun um ihn geschehen. Was sollte er noch tun?

Hoffnungsloser Kampf

In diesem Moment wurde ihm so bewusst wie nie, dass er absolut chancenlos war. Mit diesem Zug des unheimlichen Wesens, hatte er nicht gerechnet. Und er war sich sicher, dass das von dem Wesen eingefädelt wurde, welches er nun schon zum zweiten mal jagte, ohne zu wissen warum.

Er nahm wieder seine Flügel wahr. Immer noch hatte er nicht versucht damit zu fliegen. Fliegen! Das wäre jetzt das Richtige. Aber das Monster eines Höllenhundes stand nur einige Schritte entfernt und richtete seine ganze Aufmerksamkeit auf ihn. Es stand sichtlich in Sprungbereitschaft und es wäre wohl nicht das geringste Problem für diese Gestalt, seinen Flugversuch zu erkennen und zu Nichte zu machen. Selbst wenn er fliegen könnte, was er ja noch nie probiert hatte, wäre es für dieses Ungetüm auch kein

Problem, ihn aus fünf Metern Höhe oder mehr, noch mit einem guten Sprung aus der Luft zu packen. Nein, es war Glasklar. Er hatte verloren und hier und jetzt war es um ihn geschehen. Nicht einmal ein Taschenmesser trug er bei sich, geschweige denn irgendetwas, was man Waffe nennen konnte. Er dachte sogar noch kurz daran, dass er sich in einem Traum befinde und nur abzuwarten brauchte. Aber dann fiel ihm wieder ein, dass dies kein Traum sein konnte, denn alles hier war zu echt und die Zeit lief chronologisch, Sekunde für Sekunde. Er war im Körper eines anderen Ich's in einer anderen Dimension! Und nun würde er sich in diesem anderen Ich sterben sehen! Aber das war noch nicht einmal seine größte Sorge. Er fragte sich plötzlich, wo die Seele des Ich's, in welchem er sich nun befand wohl sein würde! Ist diese Seele nun in seinem Ich, mit dem er sich für gewöhnlich identifizierte? In dieser langweiligen, tristen Welt, ohne

32

diese wunderbaren Bauten, die irgendwas von Altertum und Moderne gleichzeitig hatten? Wo die Menschen zwar keinen schimmernden Punkt auf der Stirn hatten aber zumeist fast ebenso nur mit sich selbst beschäftigt waren? Sie waren in seiner Welt nicht so aufmerksam und freundlich wie hier. In ihren Kokons der Einsamkeit war ihr Blick nahezu immer zu Boden gerichtet, so als ständen die Lösungen ihrer Sorgen auf dem Gehweg geschrieben. Diese Seele würde dort leiden! Es musste ein Schock sein!

Nun war es aber nicht mehr zu ändern, denn die Bestie kam mit bedrohlichen Schritten auf ihn zu, um ihn in Stücke zu reißen, nichts anderes war in den Augen der Bestie zu sehen!

Die Todesangst des Flügelmannes wandelte sich aber plötzlich in Todesmut um. Vielleicht weil er keine andere Wahl hatte, war er nun wild entschlossen, sich nicht kampflos zu stellen! Was es auch kosten wollte - wahrscheinlich sein Leben - so war seine Angst doch wie weggeblasen und er richtete sich nun selbst in Drohhaltung und bereit zum Sprung, dem niederträchtigem Wesen entgegen! Aus der Verzweiflung wurde wilde Entschlossenheit! So konnte es nicht enden! So sollte es nicht enden! In dieser Welt war er nur Gast, von einem Wesen hier herbeordert, von dem er nur die Stimme vernahm. Aber dieses Wesen schien groß und mächtig zu sein und nun sollte er in dieser Situation einfach mittellos untergehen? Sich einfach zerreißen lassen? Nein! Er spürte plötzlich, dass er einen muskelbepackten Körper besaß, was ihm die ganze Zeit nicht aufgefallen war. Seine Kleidung war verschwunden und seine Flügel leuchteten in einem reinen Weiß auf, der auf wundersame Weise das ganze Lager ausfüllte und noch weit darüber hinaus erschien. Das Leuchten verdrängte die Dunkelheit, welche sich feige in irgend-welche Ecken zu verstecken schien! Die ganze Welt hätte dieses Leuchten sehen müssen!

Die Bestie hielt inne, war einen winzigen Moment verunsichert und riss erstaunt die Augen auf! Dann war er mit einem Mal wieder ein Hund. Kleiner als vorher, süß anzuschauen. Fröhlich wedelte er mit dem Schwanz, kam auf den Flügelmann zu und stellte die Vorderbeine treu auf die Oberschenkel des Flügelmannes. Winselte freundlich und schaute dem Flügelmann mit treuherzigem Hundeblick in die Augen. Er konnte nicht anders, als den Hund völlig verwundert zu streicheln. Der Hund genoss es und lief dann kläffend auf den Hof und sprang davon.

Die neu erwachten Kräfte

Damit hatte er nun gar nicht gerechnet. Er brauchte eine Zeit, um innezuhalten und sich zu fangen. Er war wieder bekleidet, der Schuppen war wieder dunkel. Aber dieses mal war es nicht diese gefährliche Dunkelheit. Die hatte sich mit der Verwandlung des Hundes verdrückt. Es war einfach nur schlecht beleuchtet.

Hatte jemand was mitbekommen? Er schaute auf den Hof, doch da war niemand mehr. Auch das Häuschen vom Wärter war leer. Der Flügelmann verließ vorsichtig das Lager, sich gründlich umschauend. Doch es war niemand zu sehen. Er fühlte aber, dass dies kein gutes Zeichen sein konnte. In der Fabrik hatte diese Hexe wohl schon ihr Werk verrichtet. Alle Menschen, die vorher noch auf dem Hof waren hatte sie wohl schon in die Fabrik gezogen. Er rannte auf den Eingang der Fabrik zu, stieß die Tür im Sprung auf und musste sich sofort mit einer Rolle zu Boden werfen, um dann instinktiv einen freien Platz zu finden. Stumpfsinnig dreinblickende Menschen mit silbergrau schimmerndem Punkt auf der Stirn umringten ihn, richteten ihren infiziert schimmernden Finger auf ihn, von denen er wusste, dass sie ihn auf keinen Fall erreichen durften. Er nahm sich die Geschwindigkeit, mit der er diesmal den Ort des Grauens betreten hatte als weitere Strategie vor. Denn diesmal wollte er nicht, wie das letzte mal zu spät sein. Er vertraute dieses mal voll und ganz auf die Kraft des Flügelmanns, welche ihm in dieser Dimension verliehen wurde. Da war das Wesen zu sehen! Dort hinten, hinter einen der unzähligen Werkbänke verrichtete es sein grausames Werk und war dabei, die letzten freien Menschen mit dem grausamen Stumpfsinn zu infizieren. Er hechtet auf einen Tisch und sprang nun von

Werkbank zu Werkbank auf das Wesen zu. Er erkannte wieder diese Gestalt. Sie war äußerlich schön, in einem schimmerndem, weißen Gewand gekleidet. Doch innerlich war noch ein Wesen, welches etwas grausames, dunkles an sich hatte. War es das äußere, schöne Wesen, welches von einem inneren, dunklen Wesen besessen und gelenkt wurde? Oder war das schöne Wesen nur ein Vorhang der Täuschung, um die Menschen in den Bann zu ziehen, die das grausame Wesen im Innern nicht erkennen konnten? So wie eine Fliege, die sich auf eine wunderschöne Blume setzt, um dann hineinzurutschen, um von ihr zersetzt und verdaut zu werden?

Gefangen

Die Zeit, um darüber nachzudenken, war zu kurz, denn fast hatte er dieses Wesen erreicht. Wieder war er von einem Moment zum nächsten ohne Kleidung! Ohne Geschlecht! Nackt auf eine nahezu göttliche Art und Weise. Woher kam diese Kraft? Wurde er in einen Engel verwandelt? Das Wesen hatte ihn längst bemerkt und stand langsam auf. Es richtete seinen Blick auf ihn - oder besser gesagt, seine beiden Blicke! Den schönen Blick und den grausamen Blick gleichzeitig. Der schöne Blick war voller Anmut und Sanftheit. Der grausame Blick war unbarmherzig, kalt von unbeirrbar dunkler Entschlossenheit erfüllt! Die Flügel des Flügelmannes erleuchteten wieder in einem unsagbarem Glanze und erfüllten wieder das ganze Gebäude. Er war sich seiner Kraft bewusst und sprang den letzten Sprung, um dieses Wesen nun endgültig zu erreichen. Im seinem Sprung hob das Wesen die Hand und richtete die Handfläche gegen ihn. Er bleib mitten im Sprung kurz vor der Hand des Wesens stecken! Ja, stecken!

Er steckte aber nicht nur in der Luft fest, sondern auch in der Zeit! Obwohl er klar bei Gedanken war, konnte er erkennen, dass alles stehen geblieben war! Nichts bewegte sich mehr! Die Menschen waren zu Statuen erstarrt. Die Vorhänge an den Fenstern waren wie aus Metall gegossen und eine geisterhafte Stille nahm alles ein. Allein das Wesen bewegte sich langsam. Schaute ihn an. Mit einem sanftmütigem, wohlwollendem Lächeln und einem siegesbewusstem höhnischem und grausamen Grinsen.

Sein Herz schlug wie wild!

Dann war das Wesen einfach verschwunden! Und sein Sturz ging weiter in's Leere!

Erschrocken, mit dem Gefühl zu fallen, sprang er auf und fand sich diesmal nass geschwitzt in seinem Bett wieder.

Was zum Teufel war das??? Wurde er nun völlig verrückt??

Kapitel 3
Auch eine starke Welle verebbt irgendwann

Zurück im „wirklichen" Leben

Die folgenden Tage waren irgendwie anders, als nach dem ersten Traum. Er verstand einfach nicht, warum gerade er dieses seltsame Wesen bekämpfen sollte. Sollte er das überhaupt? Es gab keine direkte Anweisung dafür! Aber die Menschen!

Das, was mit ihnen passierte, das durfte nicht einfach so passieren! Er hatte es gesehen. Also war schon klar, worum es hier ging.

Wenn er sich jedoch in dem umschaute, was hier so Realität genannt wurde, war das Ergebnis auch nicht besser. Der Eindruck schlich sich ein, dass das unheilvolle Wesen auch hier sein Werk vollbrachte. Nur, ohne schimmernde Punkte zu verteilen.

Nun wurde ihm so richtig klar, dass er die Welt der Träume schon so stark verinnerlicht hatte, dass er sie schon mit in sein Wachbewusstsein genommen hatte. Oder war es vielleicht andersrum? Er musste sich eingestehen, dass er ein Gefühl von Sehnsucht verspürte, wieder in diese Welt der Träume zu dürfen. Zwar befand sich dort dieses grausame Wesen, dennoch waren die Menschen dort so fröhlich und offen, freundlich und herzlich - solange sie nicht befallen waren. Es lohnte sich auf jeden Fall, sie zu retten oder es wenigstens zu versuchen.

Leider ging das mit dem Gefühl einher, dass er sich hier nicht so recht platziert empfand.

Was war es, das die Menschen hier so ängstlich machte? Waren es wirklich die Erfahrung, die ein jeder Mensch in seinem Leben gemacht hatte? Hier, im wohlhabenden Westen gab es doch nur noch eine Ahnung von Krieg und Elend. Eine Erzählung der älteren Generation vielleicht. Oder waren diese Erfahrungen doch so tief und hatten solche Wunder hinterlassen, dass jeder sich instinktiv schützen musste?

Vielleicht war es die Unsicherheit, die allgegenwärtig war im Leben und die die Medien sorgsam aufrecht zu erhalten schienen - warum auch immer. Ängstliche Menschen scheinen nützlicher zu sein. Mangel ist gut, selbst dann, wenn man keinen hat. Wenn Dir jemand einredet, dass Dir etwas fehlt, dann bist dazu bereit, dafür zu investieren! Selbst dann, wenn es Dir gar nicht fehlt. Ein jeder Mensch scheint wohl diesen Moment zu kennen, wenn es plötzlich vorbei ist mit der Kindheit. Dann, wenn man allmählich wach wird und feststellt, dass die Welt nicht nur aus Liebe und Harmonie besteht. Dass die armen Schweinchen es nicht schön haben und auch die Hühner nicht glücklich ihre Eier auf dem Bauernhof in ein schön hergerichtetes Strohhäufchen legen dürfen, sondern zu Tausenden ein karges Dasein in einer grausamen Anstalt verbringen müssen. Und wenn sich das Schulleben mit den ersten Drohungen des künftigen Berufs vermischt und man allmählich versteht, warum die Erwachsenen stets so eine graue Miene aufsetzen…

Der Traum ist nur ein Spiegel

Doch Moment? Was war das für eine Philosophie des Schreckens? War das Leben wirklich so trist? Nein, es hatte auch sehr viele schöne Seiten. Nur waren sie im Verhältnis zu dieser seltsamen Dimension, welche er erlebt hatte kleiner. Deshalb war die Sehnsucht, in der anderen Welt leben zu wollen wohl so schön.

Die Sehnsucht verflog aber mit der Zeit und mit den Alltagsaufgaben im normalen Leben. Er vergaß die Welt aus den Träumen zwar nicht aber die Sehnsucht war nicht mehr ganz so stark.

Die andere Dimension hinterließ schon ihre Spuren aber er verstand, dass ein Traum immer ein Hinweis ist, der in diese Welt deutet. Keine eigene Welt, sondern nur ein Spiegel für diese Dimension. Er wusste es zu nutzen. Ihm wurde klar, dass er kein Held war, der die Welt zu retten hatte, dass es kein Wesen gab, welches die Menschheit zu unterjochen suchte und dass nicht alle Menschen trist und öde waren, wie die infizierten Menschen in der Traumwelt. Auch in der "normalen" Welt, gab es Träume, die es zu Träumen lohnte. Träume über das Glück der Liebe, vielleicht ein Beruf, der die Erfüllung brachte und ein Leben, welches doch recht schön war und in dem auch häufig einmal die Sonne schien.

Hin und wieder dachte er an das schöne Gefühl, die Flügel zu haben und an diese enorme Kraft, die sie ausstrahlten. Obwohl er nie versucht hatte, damit zu fliegen. Das waren schöne Gedanken, welche er sich bewahrte, für die tristen Zeiten. Daran zu denken, dass es Wirklichkeit sein könnte, half ihm. Gab ihn ein „beflügelndes" Gefühl.

Schließlich verblassten die Erinnerungen und aufwühlenden Erfahrungen aus seinen Traumreisen von Tag zu Tag mehr. Der Alltag und seine Aufgaben und Sorgen nahmen ihn ein. Fast schon war die Welt vollends aus seinen Gedanken verschwunden. Die Erfahrungen, welche er dort gemacht hatte, waren nur noch in Gedanken vorhanden. Die Emotionen, die am Anfang ebenso klar und deutlich, wie aufreibend und vielschichtig waren, verblassten allerdings mehr und mehr und nahmen eine Form an, wie ein längst vergangener Urlaub im irgendwo.

Abend für Abend ging er schlafen und dachte noch kurz an die unbekannt - bekannte Welt. Doch er erwachte jeden Morgen, ohne sie besucht zu haben. Entweder er erinnerte sich an gar nichts oder ein unsortiertes Wirrwarr von Bildern aus Träumen verwirrten ihn noch kurz, bevor sie sich wie

Wellen am Strand wieder zurückzogen, nachdem sie den Boden des Bewusstseins berührt hatten und wieder im weiten Meer verschwanden.

Dieses Gefühl

Manchmal wäre ich gerne gleichzeitig hier und dort auf einmal, weil ich die Mitte suche.

Dann möchte ich das, was ich weiß mit Erkenntnis erfüllen und vergessen um so dumm zu sein, dass ich frei bin für alles Neue und so weise, alles Alte anwenden zu können...

...dann wäre ich gerne gleichzeitig hier und dort auf einmal, weil ich die Mitte suche.

Dann möchte ich das, was ich weiß mit Erkenntnis erfüllen und vergessen um so dumm zu sein, dass ich frei bin für alles Neue und so weise, alles Alte anwenden zu können...

...dann wäre ich gerne gleichzeitig hier und dort auf einmal, weil ich die Mitte suche.

Dann möchte ich das, was ich weiß mit Erkenntnis erfüllen und vergessen um so dumm zu sein, dass ich frei bin für alles Neue und so weise, alles Alte anwenden zu können...

...dann wäre ich gerne gleichzeitig hier und dort auf einmal, weil ich die Mitte suche.

Thomas Stan Hemken 1998

Kapitel 4
Die Welt kehrt zurück

Das Tiefe in mir

Das Tiefe in mir.

Eine verborgene Stimme.

Schweigt, wenn die Worte viel sind.

-

-

-

Gefühl? Schön oder nicht?

Erahnen?

Nein.

Immer schon da. Träger all meiner Hoffnung. Weiser als all mein Wissen.

Nicht brauchbar, lebbar.

Die Welt ist innen. Das Große außen?

Schaut es in die Ereignisse? Schaut es heraus?

Wenn der Moment sehr nahe ist, eins zu
sein mit mir, gibt es kein Innen und Außen.

Kein Hier - Kein Dort

Kein Gestern - und kein Morgen

Kein Leben und kein Tod.

Wer kann es erklären?

Es zu wissen muss reichen.

Daran glauben, brauchst du nicht.

Allumfassendes ist groß genug, um unübersehbar zu sein.

Und Mächtig genug, um Raum zum Abwenden zu tolerieren.

Der Himmel ist immer um dich.

Er ist nicht beleidigt, wenn Du mal nicht hinsiehst…

Thomas Stan Hemken 2013

Gefahrlos

Dann kam die Nacht, wo er sich in

der Traumwelt wiederfand. Es war ebenfalls Nacht in dieser Welt und er befand sich mitten auf der Straße. Das war so plötzlich, wie es in normalen Träumen halt so geschieht. Die Klarheit seines Bewusstseins schien jedoch mit jedem Traum zu wachsen. Er war sich seiner und dieser Welt abermals so bewusst, dass er nun vollends nicht mehr entscheiden konnte, ob dies ein Traum oder eine andere Form von Wirklichkeit war. Es stand nun für ihn fest, dass es eine andere Wirklichkeit war. Eine Parallelwelt! In einem Paralleluniversum? Grad fragte er sich in Gedanken, warum er sich des Nachts so plötzlich auf der Straße wieder fand, als er sich schon darüber wunderte, dass seine

Gedanken so klar waren und dann fiel ihm schließlich überraschend auf, dass seine Flügel voll entfaltet waren und im reinen, weißem Lichte strahlten. Dieses Leuchten musste man genießen aber er konnte es nicht, denn bisher leuchteten die Flügel immer nur in einer Gefahrensituation. Deshalb schaute er sich schnell aber sorgsam um.

Es war aber niemand zu sehen.

Nichts wies auf eine Gefahr hin. Es war sehr still. Kein Auto, keine Menschen, kein Geräusch. Alle Fenster in der Stadt waren dunkel, die Straßenlaternen erloschen. Nur der Mond erhellte die Straßen so gut, dass er auch feinere Konturen gut sehen konnte. Entweder war der Mond so hell oder er hatte eine unglaublich hohe Fähigkeit, im Dunkeln sehen zu können. Nachdem er sich sorgsam umgeschaut hatte, lauschte er. Er hörte den Wind und das Rascheln der Blätter. Er hörte sogar, wie ein kleines Blatt Papier über die Straße wehte. Mit seinen Ohren war es wohl genau wie mit seinen Augen und so wurde ihm klar, dass er hier über verschärfte Sinne verfügte. Die Luft war angenehm warm. Er fühlte sich wie in einer perfekten Sommernacht. In diesem Zusammenhang fiel ihm gleich auf, dass sein Körper wieder unbekleidet war. Jedes mal, wenn die Flügel da waren, war er nackt. Und Geschlechtslos. War er ein Engel? Er konnte es nicht so recht glauben. Er fühlte sich einfach nicht so. Er war immer noch er. Nur sein Körper war verwandelt.

Unsichtbarer Flug

Ein Geräusch!

Er hielt inne. Was sollte er tun? Er sah die Silhouette eines Mensch auf ihn zukommen. Sollte er sich verstecken? Eine Frau mittleren Alters kam mit verträumtem Blick auf ihn zu. Er schaute sie an, suchte nach dem Punkt auf ihrer Stirn. Doch es war nichts zu erkennen. Sie hätte ihn längst bemerken müssen. Doch sie ging direkt auf ihn zu. Er leuchtete, wie nichts anderes in seiner Umgebung, doch die Frau schien keine Notiz davon zu nehmen. Er stand genau auf ihrem Weg. Er schaute sie nun sehr verwundert an. Kurz bevor sie ihn erreichte, ging er einen Schritt zur Seite, um einen Zusammenstoß zu verhindern. Sie trottete an ihm vorbei, als wäre er gar nicht da. Scheinbar war er für sie auch gar nicht da. Er sah ihr noch nach, bis sie um die nächste Ecke bog und verschwand. Nun war er wieder allein. Seine Flügel leuchteten noch immer und er versuchte, sie nun irgendwie zu bewegen, was auch sofort gelang. Sie bewegten sich. Es waren keine Muskeln, sondern es war irgendwie anders. So, als reagierten sie auf seine Gedanken. Er stellte sich einen starken Flügelschlag vor und gleich darauf riss es ihn von den Beinen. Der Schwung der Flügel, den er nach vorn gerichtet hatte katapultierte ihn mit einem kräftigen Stoß nach hinten. Er hatte große Mühe, sich aufzufangen. Nach hinten war eine denkbar ungünstige Richtung. Gott sei dank stand er nicht mit dem Rücken zu einer Mauer und auch sonst war nichts als leere Straße hinter ihm. Er zappelte, schlitterte und tippelte wie wild mit den Füßen, schwang die Arme heftig um nicht zu stürzen, was ihm auch gelang. Er stand wieder still.

Wow!

Das musste er erst einmal verdauen. Keine heftigen Gedanken über die Flügel! Er besann sich und dachte daran, vom Boden abzuheben. Es geschah. Seine Flügel trugen ihn sanft aber kräftig in die Luft.

Was für ein Gefühl! Glück stieg in ihm auf. Er konnte tatsächlich fliegen! Ein Kindheitstraum wurde wahr! Tränen der Freude schossen ihm in die Augen. Vorsichtig probierte er seine neue Fähigkeit und schnell wurde er immer besser darin.

Es ging immer nur darum, klare Entscheidungen zu treffen!

Die Flügel führten jeden seiner Gedanken bezüglich des Fliegens aus. Einmal zweifelte er, ob er die Gedanken klar halten könne und schon kam er in's trudeln. Der Schreck fuhr in ihn und als er dachte: „Nun bloß nicht stürzen!", stand er wieder ruhig und sicher in der Luft. Das gab ihn nun ein starkes Gefühl der Sicherheit. Er konnte nicht abstürzen, solange er nicht dazu entschlossen war, dies zu tun. Und so verrückt war er nun wirklich nicht. Nun schoss er hoch hinaus, hatte große Lust in die Wolken empor zu steigen und die Freiheit des Fliegens zu genießen.

Weisung

Als er jedoch über die Dächer der Häuser hinausflog sah er in der Ferne ein großes Gebäude, welches sich klar und seltsam leuchtend hervorhob. Er wusste nicht, was es war aber das Gebäude zog ihn magisch an. Kaum stellte er dies fest, flog er schon in die entsprechende Richtung. Er flog bis zu dem Gebäude, wollte so gern die unglaubliche Aussicht genießen, doch er war zu gespannt, was es mit der Anziehungskraft des Gebäudes auf sich hatte. Wie vorbestimmt flog er um das hohe Gebäude herum und landete sicher vor einer Hintertür. Kaum war er gelandet, da waren seine Flügel verschwunden und er war nicht mehr nackt, sondern normal gekleidet. Jeans, Pulli, Schuhe, Jacke.

Kapitel 5
Das Böse kehrt zurück

Verhext? Verzaubert? Verdorben?

Jetzt, wo er vor dieser Tür stand, brauchte er nicht mehr danach zu fragen, was er hier sollte. Ein beklemmendes Gefühl überkam ihm in der Herzgegend. Es war, als säße jemand ihm auf der Brust. Das Gebäude strahlte etwas zutiefst unheimliches aus. Er wusste, warum er hier war. Es ging wieder um dieses Wesen. Es musste hier drin sein. Was für ein Gebäude es war, konnte er so schnell nicht ausmachen. Eine Behörde oder ein Krankenhaus. Vielleicht eine große Schule oder so. Er wusste es nicht. Er ging durch die Tür, vor der er stand und kam in ein riesiges Treppenhaus. Als er nach oben schaute, schien sich die Treppe im Nichts zu verlieren. Das konnte eigentlich nicht sein. Das Gebäude war groß aber so riesig war es auch wieder nicht. Zudem war der Flur in eine gleichmäßige Dunkelheit gehüllt. Eine Dunkelheit, die nicht die Augen, sondern das Herz betraf. Er hatte den starken Wunsch, dieses Gebäude so schnell wie möglich wieder zu verlassen, als wieder diese tiefe, autoritäre Stimme in ihm erklang und sagte: „Finde sie!". So konnte er wohl nicht mehr zurück. Aber warum eigentlich sie? War sie eine Hexe? Er mochte dieses Wort gar nicht, denn es erinnerte ihn daran, wie man vor einiger Zeit in seiner Realität damit umging. Ein willkommenes Wort, um die Frauen zu unterdrücken und sie nach Lust und Laune zu strafen und sogar zu töten. Aber er hatte ja gesehen, dass sie in schönen Kleidern war und eindeutig weibliche Züge hatte. Jedoch verwirrte ihn die Erkenntnis, dass da zwei Wesen zu sein schienen. Eine äußeres, eine inneres Wesen. Das äußere

Wesen hatte weibliche Züge von Schönheit und Anmut. Das Innere jedoch kam ihm männlich vor. Konnte das sein? Das Äußere war schön, das Innere hatte etwas grausames an sich. War die Äußere von dem Inneren befallen, so wie es die Menschen waren, die mit diesem Punkt auf der Stirn gezeichnet wurden? Aber das äußere Wesen schien sich nicht an ihrem grausamen Innern zu stören. Wusste sie es nicht? Oder war sie nur ein Tarngewand? Fest stand, dass das, was das Wesen vollbrachte, nicht gut war. Also lag der letzte Schluss nahe, dass sich das innere Wesen durch das Gewand der Schönheit tarnte, um die Menschen anzulocken und durch die unvergleichliche Schönheit in den Bann zu ziehen. Innerlich weigerte sich jedoch etwas in ihm, dieses Klischee anzunehmen. Warum soll es immer das Schöne sein, was den Menschen in's verderben zieht? Warum kann das Schöne nicht einfach mal nur schön sein?

Das Labyrinth der Angst

Während er darüber nachdachte, ging er die Treppen hinauf. Es waren viele Etagen mit vielen Türen. Doch jedes mal, wenn er hochsah, war es das gleich Bild, der sich in die Ewigkeit verlaufenden Treppen.

Irgendwann nahm er eine Tür und fand sich auf einem Flur wieder. Alles war in dieses Licht gehüllt. Anders konnte er es nicht bezeichnen. Das Licht klebte im Raum wie eine Krankheit, welche die Umgebung durch ihre pure Anwesenheit infizierte.

Es gab viele Türen an den Seiten und der Flur schien wiederum kein Ende zu nehmen. Er ging vorwärts, um zu sehen, wohin der Flur ging, doch das Bild des nicht enden wollenden Flures veränderte sich genauso wenig, wie das, des Treppenhauses. Große

Angst überkam ihn und er musste mühsam dagegen ankämpfen. Er blieb stehen und überwand sich, kurz die Augen zu schließen und einige Male durchzuatmen. Als er die Augen wieder öffnete, war das Bild unverändert. Doch nun wusste er sicher, dass dies eine Illusion war, die nur dazu diente ihn zu demoralisieren. Wahrscheinlich war er ein ewiger Gefangener in diesem Labyrinth der Fluren und Treppenhäuser, die niemals enden wollten. Mit diesem entsetzlichen Wissen öffnete er eine Tür und fand sich im Treppenhaus wieder. Den Blick nach oben sparte er sich, diesmal blickte er nach unten - ins Nichts.

Zweifel

Zweifel...

Zwei - fel...

Zwei

Nicht eins - entzweit.

Getrennt, was zusammen war? Gespalten?
Ich und Du? Nicht - wir?

Das Eine oder das Andere!

Vor allem das andere...

Schneiden trennt. Macht zwei, macht drei,
klein aus groß.

Zerschnitten... zerstritten.

Zweifel.

Uneinigkeit?

Einigkeit...

Einigkeit - Sehnsucht

Sucht?

Erkennen, was wahr ist. Einig sein.

Zweifel, um Einig zu sein?

Trennen um zu vereinen? Schneiden um zu-
sammenzusetzen?

Einig? Eins? Verschmolzen?

Uneinig? Zwei? Getrennt?

Zweifel bringt Sorgen.

Zweifeln ist nicht gut.

Nicht gut? Oder doch gut?

 Gut? Schlecht?   ZWEI!

Meine Augen sehen nur in andere Augen, nie in meine.

Ausnahme: Spiegel.

Aber auch das Bild ist verkehrt herum. Und ich bin kein Bild.

Zweifel.

Zweifel ist nur EIN Wort!

Zweifel ist nur ein WORT!

Zweifel ist NUR ein Wort!

Zweifel IST nur ein Wort!

Was ist Zweifel?

Wer weiß das schon?

Sind wir uns da einig?

Thomas Stan Hemken 2013

Gefangen in der Illusion

Warum sollte er nun noch die Treppen steigen? Gegenüber war eine weitere Tür. Durch diese ging er und stand wieder auf dem Flur. Oder war es ein anderer Flur?

Nun war er sich sicher, dass dies eine Abwehr von dem Wesen war - genau wie der Höllenhund. Und er war sich auch sicher, dass er diese Abwehr genauso überwinden konnte, wie den Höllenhund. Er ging keinen Schritt mehr weiter, sondern schloss die Augen. Sein Herz hämmerte gegen seinen Brustkorb, denn er wusste, dass er sich in Gefahr befand und Augen schließen nicht unbedingt die beste Wahl war.

Dennoch war er sich sicher, dass es keinen anderen Weg gab, dieser Illusion zu entgehen. Er spürte, wie die Angst ihn mehr und mehr einnahm. Und er kämpfte diesmal intuitiv nicht dagegen an. Vielmehr versuchte er sie einfach zu akzeptieren. Die Angst wie ein Rätsel zu betrachten half ihm, die Augen geschlossen zu halten und sich auf sie einzulassen. Es war, als entzog sie sich seinem Entschluss, sie zu betrachten. Sie redete mit ätzenden und schlimmen Worten auf ihn ein, doch wenn er wirklich zuhörte und sie bat, zu wiederholen, was sie sagen wollte, schwieg sie plötzlich. Er stellte sich tatsächlich vor, was die größtmögliche Konsequenz war. Diese war, nie wieder aus diesen Fluren zu kommen. Vielleicht lag sein Körper in der anderen Realität mittlerweile in einem Krankenbett - angeschlossen an Schläuchen und Kabeln. Die Ärzte hatten vielleicht Koma bei ihm festgestellt und nun lag er dort, verlassen und aufgegeben und nur der Tod selbst konnte ihn aus dieser Situation befreien, sofern es nicht Teil irgendeiner Strafe war, die er für sein verwirktes Leben bekam. Von Sünden und falschen Taten wurde in seiner Realität so viel gesprochen.

Es war ja unmöglich, etwas richtig zu machen, wenn es nach den Regeln der Menschen in seiner Welt ging, die von sich angaben, den Glauben zu führen. Es war dort eben so, dass das Schöne immer eine Falle zu sein schien. Wenn es nicht von vornherein falsch und trügerisch war, dann war es zumindest vergänglich und nicht zu erhalten. Alles was ihn als Kind noch begeisterte und ihm die Freude an die Schöpfung brachte, wurde ihm später von den Menschen wieder genommen, die es besser zu wissen schienen. Fast brach er in sich zusammen. Alles wehrte sich gegen den Verlust der letzten Hoffnung. Dann fiel ihm ein, dass eine unbekannte Kraft ihn direkt in diese Situation gelenkt hatte. Also musste er dieser Kraft vertrauen. Ihm fiel die Kraft der Flügel ein, die sich besonders in Gefahr offenbarte. In Gefahr und in absolut hoffnungslosen Situationen.

Vorsichtig öffnete er die Augen...

Nichts hatte sich verändert.

Er stand immer noch auf dem Flur ohne Anfang und Ende...

Immer noch war alles in dieses unglaublich trostlose, klebrige Licht gehüllt...

...doch seine Flügel waren nicht ausgebreitet!

Er war immer noch normal gekleidet. Tief in ihm keimte Hoffnung auf!

Hoffnung

Es wuchs allmählich zu tiefem Vertrauen. Er hatte erfahren, dass er seinen Flügeln vertrauen konnte in dieser Welt. Wenn sie nicht aufleuchteten, gab es auch keine Gefahr. Sie hatte ihn immer sicher geführt.

Zwar konnte er die Kraft auch nutzen, wenn es keine Gefahr gab, doch in der Gefahr, waren sie zuverlässig, schützten und leiteten ihn. Er schaute sich um und hatte irgendwie das Gefühl, dass das Licht ein ganz klein wenig heller geworden war, mit seiner Erkenntnis. Er dachte mit Liebe an seine Flügel und schon waren sie da und erfüllten den Flur mit Licht. Das Lichte drängte die undefinierbare Dunkelheit zurück, doch diese wehrte sich und kämpfte gegen das Licht. Schwaden von Dunkelheit griffen wie unsichtbare Hände durch das Licht in seine Richtung. Ob das Licht seiner Flügel dieser Invasion standhalten konnte? Mit diesem Zweifel fühlte es sich an, als wäre eine dieser dunklen Hände nun durch das Licht zu ihn durchgedrungen und hätte ihn Fest an der Kehle gepackt. Die Luft, welche er nun atmete wurde wieder schwerer und schien weniger Energie zu haben. Doch seine Flügel beeindruckte das gar nicht. Sie leuchteten einfach weiter, als wollten sie damit ausdrücken, dass nur ihr Leuchten wirklich ist und die Dunkelheit zwar eine mächtige Illusion aber eben nur eine Illusion. Das Leuchten der Flügel war einfach da, es war selbst. Es kämpfte gegen gar nichts, es leistete gegen nichts irgendeinen Wiederstand. Es blühte einfach wie eine Blume, die auf einer schäbigen Mauer gewachsen war und sich nicht um ihre Umgebung scherte, sondern einfach nur schön war, weil sie eben schön ist! Dies zu erkennen, lies die Hand zurückschnellen und die Dunkelheit gab den Kampf auf. Sie verzog sich wieder in ihre Ecken und konnte die Schönheit und Strahlkraft des Lichts einfach nur mürrisch akzeptieren. Das Licht ist wirklich, wie die Kraft des Lebens. Es ist einfach da ohne erklären zu müssen, wo es herkommt. Mit dieser Gewissheit nahm er die nächst beste Tür.

Er befand sich auf einem Flur...

... doch diesmal war es nicht der unendliche Flur mit tausend Türen. Es war ein Krankenhausflur.

Seine Flügel waren wieder verschwunden und er war wieder normal gekleidet.

Die große Herausforderung

Die Türen zu den Zimmern standen alle offen. Er ging voran und blickte dabei rechts und links in die Zimmer. Überall lagen bewusstlose Patienten in ihren Betten nebeneinander aufgereiht. Jedoch gab es keine medizinischen Geräte und Monitore in den Zimmern, keine Kabel und Schläuche.

Dieser Flur war sehr lang - wenngleich auch nicht mit der Illusion der Unendlichkeit belegt. Irgendwann blieb er kurz stehen, dachte kurz nach. Dann ging er in eines der Zimmer auf einen Patienten zu. Ein Schock durchfuhr ihn!

Dieser Patient hatte den schimmernden, grauen Punkt auf der Stirn!

Vorsichtig drehte er sich um. Er schaute zu allen Patienten auf dem Zimmer. Es waren viele und alle hatten diesen schimmernden Punkt. Dieses Gebäude war riesig und der Falle auf dem Treppenhaus und dem Flur nach zu urteilen hatte das Wesen alle Menschen in diesem Gebäude bereits infiziert. Der Kampf gegen dieses Monster schien ihm aussichtslos zu sein. Wenn sich die infizierten Menschen nun alle aus ihren Betten erheben würden und danach suchten, ihn zu erreichen - er hätte keine Chance. Wenn ihn dann noch auf der Flucht die Angst pa-

cken würde und er der Illusion des Laby-
rinths unterlag? Er musste sich sehr konzen-
trieren, damit die pure Panik ihn nicht er-
griff.

Sehr behutsam ging er aus dem Zimmer zurück auf den Flur. Er wusste nicht, wohin er
nun gehen sollte, also entschied er sich,
nach links weiter zu gehen. Vielleicht fand
er dort einen Ausgang. Nach einigen Schritten sah er, dass hinten links ein fahles Licht
aus einen der Räume auf den Fußboden
schien. Sofort, als er es bemerkte, entfalteten
sich seine Flügel und er vollzog die Verwandlung zum Flügelmann. Still blieb er
stehen und horchte. Ein denkbar ungemüt-
licher Ort, um einen Kampf zu beginnen.
Sein Herz schlug schneller, doch er unter-
drückte die Angst mit aller Macht und konzentrierte sich auf Dinge wie Vertrauen und
Führung. Langsam ging er auf das Zimmer

zu, mit der Gewissheit, sich erneut dem unheimlichen Wesen stellen zu müssen. Er hatte kaum drei Schritte getan, als er hörte, wie es begann, sich in den Zimmern zu regen.

Das war das Zeichen! Nun erhoben sich die infizierten, um ihn in ihre Reihen zu ziehen. Seine Flügel begannen noch mehr als zuvor zu leuchten. Er wusste, dass er nun keine Zeit mehr hatte und er wusste, dass er die Flügel auch zum fliegen benutzen konnte. Mit einem großen Satz flog er zu der Tür mit dem Licht.

Er sah an den runden Fenstern sofort, dass es das Vorzimmer eines OP Saals war. Als er noch zögerte, ob er wirklich dort hinein gehen sollte, weil er nicht wusste, was drinnen grausames vor sich ging, schaute er sich noch einmal um und den Flur zurück. Aus allen Zimmer drangen unzählige Opfer des

Wesens. Still, mit leerem Blick kamen sie langsam aber zielstrebig auf ihn zu. Es gab keine andere Wahlmöglichkeit! Er schlug die Flügeltüren auf und stand vor 3 Menschen mit OP Bekleidung und Atemmasken. Handschuhe trugen sie nicht, dafür hatten sie die grau schimmernden Punkte sowohl auf der Stirn, als auch auf den Fingerspitzen. Alle drei versperrten ihm den Weg in den OP Saal und erhoben drohend ihre Finger gegen ihn, während sie ihn aus holen Augen anstarrten.

Als er so in die leeren Augen blickte, wusste er nicht, ob er sich nun zu fürchten hatte, oder ob diese   seelenlosen Menschen ihn leid taten, denn es schien, als sei ihre Seele durchaus noch in ihnen. Sie waren aber in einer dunklen Kammer ihres eigenen Geistes eingeschlossen worden.

Nach kurzem Innehalten klärte sich die Frage für ihn. Er stellte sich dem Kampf für sie.

Er fühlte Mitleid - nein, mehr noch, er fühlte sogar so etwas wie Liebe für sie - für ihre Seelen! Wie Kinder, die er zu schützen hatte, wenngleich es auch nicht seine eignen waren. Diese Liebe erfüllte sein gesamtes Herz. Die Brust begann nun ebenfalls zu leuchten und dann ging das Leuchten auf sein gesamtes Wesen über. Das war ein neues, unglaubliches Gefühl, dass das Leuchten nun nicht nur aus seinen Flügeln, als Gabe kam, sondern aus seinem eigenen Herzen sein Wesen erfüllte! Das erste Mal hatte er das Gefühl, dass es doch seinen Grund haben könnte, warum ausgerechnet er auserwählt wurde, in den Kampf zu ziehen, gegen dieses undefinierbare Wesen. Er selbst trug die Gabe des Lichts in sich, welches er bisher nur durch das Geschenk der Flügel erfahren hatte! Er konnte es doch schaffen! Er konnte das Wesen wohl vielleicht doch besiegen!

Erstaunt sah er, wie den drei Wesen die Arme schwer zu werden schienen. Sie verzerrten die Gesichter und stemmten sich gegen eine unsichtbare Kraft an. Es war seine Kraft, wie er erstaunt feststellte - obwohl er doch gar nichts tat! Er ahnte, dass seine Fähigkeiten mit der Kontrolle seiner Emotionen zu tun hatten. Die drei Gestalten kamen ins Wanken, sie schienen darum zu kämpfen, überhaupt stehen zu bleiben. Dann sah er einen grauen Schimmer, der aus dem ganzen Körper der drei schien. wie eine schmutzige Aura. Der Flügelmann schien diese Aura des Verderbens aus den Körpern zu ziehen, doch sie klebten an ihren Opfern fest und wollten sie nicht vollends verlassen. Der sichtbare, schimmernde Punkt auf der Stirn, hatte sich zu einer sichtbaren Aura einer dunklen Infektion gewandelt, die nun an ihren Opfern festhielt. Ächzend, jammernd, still fluchend, wie die Kraft von Dämonen ohne Körper

und Seele, die von der Kraft des Lichts ge-
geißelt wurden.

Er dachte nun an alle Opfer des gesamten
Hauses! Sie alle verdienten sein Mitgefühl
und vor allem seine schützende Liebe. Diese
Gedanken nutzte er ganz bewusst und die
Idee erwies sich als gut. Sein helles Lichte
wurde so intensiv wie nie zuvor und zog die
grauen Geister aus den Dreien heraus. Die
Geister flogen kreischend durch die Luft.
Ihnen schien das Licht des Flügelmanns
Schmerzen zu bereiten. Sie suchten nach einem Ausweg aber für sie kam der Ausgang
wohl nicht in Frage. Die Tür zum Operati-
onssaal flog aus ihren Angeln in den Raum
hinein und die drei befreiten Menschen
sackten bewusstlos aber friedvoll in sich zusammen. Auf dem Flur hörte er langsame
Schritte auf sich zukommen. Er ahnte, dass
diese unglaubliche Kraft in ihm zwar stark

genug war, die drei Menschen zu befreien, doch die anderen waren nach wie vor gehorsame Zombies des oberen Wesens, welches er nun vor sich am OP Tisch stehen sah. Ein sanftes Licht strahlte aus einem Menschen, der bewusstlos auf dem OP Tisch lag. Das Licht wurde von dem Wesen am Tisch aufgezogen. Wieder war der Flügelmann von dem Anblick ergriffen. Das äußere Wesen war weiblich und unglaublich schön. Es strahlte etwas vertrauenserweckendes, ja sogar sanftes aus. Aber das innere Wesen war ein undefinierbares Monster. Eine dunkle Gestalt voller Grausamkeiten. Die drei Geister, die er aus den Menschen gesogen hatte, flogen direkt auf das Wesen zu und tauchten in seinen dunklen, inneren Körper ein. Das äußere Wesen schaute ihn unbeirrt an. Lächelnd, sanft. Das innere Wesen schaute ihn höhnisch und voller Wut an. Der Blick des inneren Wesens war so grausam und furchteinflößend, dass der Flügelmann kurz an

Aufgabe dachte. Doch dann besann er sich auf seine Kraft und dachte an diesen wunderschönen Ort, mit all den freundlichen Menschen. Es lohnte sich, diesen Ort zu retten! Er würde sich nicht kampflos hingeben. Seine Angst verwandelte sich in Liebe und Entschlossenheit, für diese Menschen einzustehen! Er musste sich überwinden, das wusste er, denn sonst gab es niemandem, dem diese Kraft verliehen war. Ihm wurde bewusst, was es hieß, mutig zu sein. Selbstbewusst zu sein. Die Ängstlichen haben Angst und handeln nicht, weil sie Angst haben. Die mutigen und selbstbewussten Menschen haben Angst und handeln trotzdem!

Der finale Schlag

Er leuchtete noch einmal auf, was das innere Wesen mit erstaunen vernahm. Das Wesen ließ von seiner Lichtmahlzeit ab und sprang mit einem Satz durch das in Scherben explodierende Fenster nach draußen. Es flüchtete!

Ohne lange nachzudenken, hechtete er hinterher. Als er draußen war, breitete er seine Flügel aus und fing den Sturz sofort ab. Er wandte sich und schaute sich um. Dort huschte das Wesen um die Ecke des Gebäudes. Es fiel ebenfalls nicht, konnte also auch fliegen. Er jagte dem Wesen nach, als er auch nur kurz daran dachte, es zu tun. Die pure Entschlossenheit reichte wieder vollkommen aus, um seinen Flug zu lenken. Das Wesen war schnell, doch er war schneller, was ihn sehr wunderte. Als er diesen leichten Zweifel bekam, kam er etwas in's trudeln. Ein ungeschicktes Flugmanöver später hatte er das Wesen aus den Augen verloren. Sofort nahm er sich wieder zusammen, konzentrierte sich. Das Ganze hatte wohl nur eine Sekunde gedauert, doch es schien dem dunklen Wesen als Vorteil zu reichen. Nein, diesmal wollte er es nicht wieder verlieren! Er jagte wie wild um das Gebäude, doch er fand es nicht wieder.

Dann schließlich hielt er inne und konzentrierte sich noch einmal mit aller Kraft, während er still in der Luft schwebte. Er wusste, dass er sich die Niederlage nun eingestehen musste. Wieder einmal hatte er verloren.

Oder?

Da war noch diese Stimme, die ihn lenkte. Sie schwieg zumeist. Aber es schien noch eine äußere Kraft zu geben, die ihm beistand. Er gestand sich seine Niederlage ein. Nahm den Schmerz in Kauf, wieder einmal erfolglos aus dem Kampf zu gehen. Vielleicht wieder und wieder. Vielleicht konnte er diese Stadt und diese ganze Welt nicht retten. Er war nicht von hier - jedenfalls nicht die Seele, die in diesem Flügelmann steckte. Er gab auf und ließ sich fallen.

Anstatt nach unten zu fallen, trugen seine Flügel ihn jedoch empor! Schnell zog es ihn hoch, als würde eine große unsichtbare Hand in packen und nach oben werfen. Diesmal schien die Hilfe von der unsichtbaren Kraft selbst zu kommen, die ihn mit fester Stimme hierhin gebracht hatte. Etwa hundert Meter über dem Gebäude blieb er schweben und sah hinunter.

Da war ein leichtes Leuchten an einer der Mauern zu sehen. Entweder kam es aus einem Fenster oder einem Balkon. Als er es entdeckte, flog er sofort dort hin und schwebte dem Monster gegenüber, welches ihn höhnisch grinsend ansah. Jedenfalls das innere Wesen grinste ihn an. Das äußere Wesen war immer noch schön. Da war auch weder ein Fenster, noch ein Balkon. Das Wesen hing einfach mit dem Rücken an der Wand, hatte versucht, sich in einer Mauernische vor ihm zu verstecken und war nun dort gefangen.

Er spürte, was er zu tun hatte. Er stellte sich vor dem Wesen auf und breitete die Flügel aus. Nun musste er all seine Liebe, sein Herz, sein Mitgefühl aufbringen, um das schöne Wesen zu befreien. Er musste dieses furchtbare Ungetüm aus der schönen Frau herausziehen, so wie er es mit den grauen Geistern in den Menschen getan hatte.

Der Flügelmann leuchtete auf. Er konzentrierte sich und spürte, wie sein Herz in's Unermessliche zu wachsen schien. Er sammelte all diese Kraft der Liebe für den letzten Schlag gegen das Monster und die Dunkelheit, die ihn umgab.

Das Monster in der Frau, begann erst zu kichern und dann zu lachen. Die Frau lachte aber mit, was ihn kurz irritierte. Die Irritation ausnutzend sprang das Doppelwesen von der Mauer ab auf den Flügelmann, umgriff ihn mit starkem Griff und faltete seine Flügel zusammen. Voller Entsetzen stürzten sie ab!

Er schrie, kämpfte mit aller Kraft, wollte sich vom Griff lösen, doch die Klammer des bösen Wesens löste sich keinen Millimeter. Bevor sie aufschlugen, verlor er das Bewusstsein.

Kapitel 6
Die Niederlage

Daneben

Ich stehe daneben,

Leben,

vergeben.

Vergib, was ich getan!

Warum?

Weiß keiner so genau.

Alles was ich tat ist nichts zu den Taten dieser Welt.

Und doch,

ist es das Einzige was zählt.

Vergeben?

Das Leben?

Nein!

Denn was ich tat, tat ich allein!

All das bin ich -

All Das Ist Mein

Thomas Stan Hemken 2014

Jenseits

Alles war dunkel, als der Flügelmann

wieder zu sich kam. Nichts war um ihn herum. Er war wieder in diesem Raum, der keiner war. Nur diesmal lag er auf dem Boden, welchen er nur ausmachen konnte, weil er ihn spürte und weil ein leichter, grauer Nebel ihn bedeckte. Er schaute sich um, doch er sah nichts, außer ewige Leere. Alles war dunkel. Nicht dunkel, weil er nichts sah, sondern dunkel, weil es nichts gab!

Er setzte sich auf. Ihm wurde bewusst, dass er verloren hatte. Gedemütigt, verhöhnt und verspottet. Er war nackt, aber diesmal ohne Flügel. Als er aufstand fühlte er sich matt und zerschlagen. Nichts war zu sehen, nichts war zu hören. Ewige Stille, ewige Leere. War er nun tot? War er gestorben? Er war gestürzt, aus großer Höhe. Er musste gestorben sein. Und das Wesen? War es auch gestorben? Hatte sich der Tod gelohnt? Oder war es unbesiegbar? Er hatte versagt. War dies der Tod? War dies die Strafe? Was würde nun kommen? Würde er vor Gericht müssen, wie es auf Erden immer gepredigt wurde? Er dachte an die Menschen, welche nun wohl verloren waren, denn er war überzeugt, dass das dunkle Wesen im Gegensatz zu ihm überlebt hatte. Es hätte ihn nur kurz vor dem Aufprall loslassen müssen. Nicht nur er hatte verloren, sondern diese ganze wunderbare Welt, war auch verloren. Bittere Tränen flossen in Bächen aus ihn. Er schrie vor Schmerz und Kummer.

Als er sich wieder beruhigt hatte, wurde ihm bewusst, dass er doch in Wahrheit gar nichts wusste. Er wusste nicht, was es zu tun gab.

Eine Weile dachte er nach. Dachte an die Menschen, die schöne Welt, die er nicht retten konnte. Oder konnte er es? Er wusste es nicht. Er dachte auch an die andere Realität, die, in der er sich befand, wenn er nicht von der schönen Welt träumte. Aber war es ein Traum? Dann würde er jetzt immer noch träumen! Also würde er auch gleich erwachen! Doch er erwachte nicht!

Nichts geschah! Er wartete eine ganze Weile, nachdem er mit dem Nachdenken fertig war, doch nichts geschah. Er versuchte einzuschlafen. Vielleicht würde er in der "normalen" Welt erwachen und alles war nur ein Albtraum. Doch er konnte nicht schlafen. Nun musste er wohl die endgültige Niederlage akzeptieren. Die, dass er nicht mehr in der einen und auch nicht in der anderen Realität war. Und nichts geschah. Er legte sich wieder hin, schloss die Augen und wartete - nichts geschah.

Er setzte sich auf und wartete - nichts geschah.

Dann stand er auf und rief in das Nichts - nichts geschah.

Nachdem er diese Prozedur einige Male wiederholte, kam noch weinen und flehen dazu - doch immer noch geschah gar nichts.

Dann ging er einfach los. Er lief in's Nichts. Was sollte er tun? Er hatte alles versucht. Vielleicht würde er irgendwann müde werden und schlafen können? Schlafen, das wäre jetzt seine Rettung. Er wäre liebe ohne Bewusstsein, als in dieser Welt!

Es gab keine Richtungen. Es gab nur einen Boden unter seinen Füßen, den er nicht sehen, sondern nur spüren konnte. Doch mit der Zeit verlor er gänzlich das Gefühl für den Raum. Er wusste nicht, ob es den Boden gab. Einmal hockte er sich nieder um ihn zu fühlen, doch er fühlte nichts. Der Boden war da, wenn er saß und wenn er lag. Auch wenn er lief. Doch wenn er ihn anfassen wollte, gab es ihn nicht. So gab es ihn auch irgendwann in seiner Wahrnehmung nicht mehr. Er war vollends verloren im Nichts. Er wusste nicht, ob er geradeaus ging oder im Kreis. Ob hoch oder runter, links oder rechts. Es machte keinen Unterschied. Er ging in's Nichts. Auch die Zeit verschwand mehr und mehr. Er wusste nicht mehr, wie lange er schon hier war. Es konnten Stunden oder auch Tage sein. Vielleicht Wochen oder mehr? Es gab überhaupt keine Anhaltspunkte! Ihm war nicht kalt, ihm war nicht warm. Er fühlte seinen Herzschlag nicht, auch dann nicht, wenn er die Hand auf die Brust legte. Er hatte keinen Durst, keinen Hunger. Er musste nicht zur Toilette und hatte auch sonst keine Bedürfnisse. Er wurde auch nicht müde vom Laufen, wie er es gehofft hatte. Nur dieses unendliche Garnichts, machte ihn auf unerklärliche Weise zu schaffen.

Wahrscheinlich war er in seiner Realität schon gestorben und längst beerdigt. Er war nicht das, was man brav nennen konnte. Fromm schon mal gar nicht. Doch er war auch nicht böse, gewalttätig oder so. Er war einfach an all die unmöglich einzuhaltenden

Regeln gescheitert, die es einen normalen Menschen unmöglich machten, gut zu sein. Ihm schien, als wären diese Regeln auch wirklich nur gemacht worden, um die Menschen zu brechen, indem sie bei jedem Versuch ja nur scheitern konnten, einfach gute Menschen zu sein. Immer konnte wer Gelehrtes kommen und die Fehler zählen, um dann gegen Geld oder andere Leistungen Befreiung von den Fehlern anzubieten. Nur, um die Betroffenen wieder in eine lange Schleife von fehlerhaften Handlungen zu schicken, damit dieses Ritual unendlich oft wiederholt werden konnte und die verzweifelten Menschen nach und nach zu leicht steuerbaren Sklaven wurden. Der beste Trick war immer noch, ihnen Hoffnung vorzutäuschen. „Du kannst es schaffen, wenn Du nur…", Slogans. Damit füllte man Bücher, Kalender, weise Spruchkarten. Sie alle führten aber letzten Endes oft in die Irre und dann stand man wieder vor dem Trümmerhaufen, von dem dann wieder mit irgendeinem weisen Rat, einer Pseudorichtung, abgelenkt wurde. Man tapezierte das gesamte Leben der nichts ahnenden Untergebenen mit weisen Ratgebern und hohlen Sprüchen: „Schau mal! Der hier hat's doch auch geschafft! Er wurde vom Tellerwäscher zum Millionär! Mit einer einzigen Idee! Du brauchst doch nur eine Idee! Streng dich doch mal an! …“ So wurde der Selbstwert ganzer Generationen zerschmettert! Menschen die scheiterten, die Krank wurden, weil sie scheitern mussten! Und selbst wenn sie dann am Boden lagen, gab man ihnen noch das Gefühl: „Tja, du hast eben einfach was falsch gemacht! Versager! Steh auf! Versuch es noch einmal!“ Ja, es gab genug von diesen Beispielen. Tolle Familien mit wunderschönen Häusern, die lachend um den Pool im Garten sprangen und Kindergeburtstage organisierten. Aber wie viele von den Mustermenschen der Musterfamilien in ihren Musterhäusern waren auch tatsächlich glücklich?

Er hatte nun seine Chance, gut zu sein, sich zu profilieren, in der anderen Realität verwirkt. Und nun war er gefangen im Nichts. Eine nicht enden wollende Strafe. Die Gelehrten hatten wohl doch Recht behalten. Man konnte machen, was man wollte.

Kapitel 7
Stiller Engel

Freiheit

Egal wie lange ein Vogel stillsitzt.

Sobald du ihn festhältst, will er auf jeden Fall fliegen!

Thomas Stan Hemken 2007

Der Weg

Das Leben ist ein Weg - und dann ist es weg…

…Weg?

… weg?

Man ist weg, wenn man einen Weg geht?

Der Weg ist das Ziel??

weg ist das Ziel??

Weg - wohin? weg - warum?

Wie kann man „hier" sein, wenn das Leben ein Weg ist?

Wenn man immer zu weg ist?

Immer gibt es irgendwas zu erreichen und das liegt weit in der Ferne!

Ich bin dann mal weg…

Thomas Stan Hemken Juli 2015

Feind & Freund

Plötzlich blieb er erstarrt stehen!

Dort in einiger Entfernung stand das Wesen, welches er gejagt hatte und welches ihn in diese Dimension des Nichts brachte. Er wusste nicht, was er tun sollte, doch dann fiel ihm auf, dass es nun wieder eine Richtung gab! Wenigstens eine Richtung! Zum Wesen hin.

Also ging er auf das Wesen zu, unsicher, ängstlich - aber wissend, dass es wenigstens eine Richtung gab, in die er gehen konnte. Dies war wohl nun die Welt des grausamen Wesens und er konnte nichts weiter tun, als zu dem Wesen zu gehen und sich die Strafe der Niederlage zu holen.

Als er näher kam, bemerkte er, dass das Wesen viel größer war, als zuvor. Doch er verspürte plötzlich keine Angst mehr. Und keine Lust zu kämpfen. Seine Flügel erschienen nicht, als er sich dem Wesen näherte. Das Wesen erblickte ihn auch nicht. Es schaute geradeaus und wegen seiner Größe, die wohl das doppelte war, was er an Größe vorzuweisen hatte, über ihn hinweg.

Er trat heran und staunte. Das äußere Wesen war immer noch sehr schön und schaute mit Sanftmut anmutig in die Ferne. Das innere Wesen war nicht schön aber es strahlte auch nichts gefährliches mehr aus. Es war einfach - friedlich - still. Jetzt erst fiel ihm auf, dass das Wesen eine Hand erhoben hatte und nach einer Seite wies. Still - wie ein Hinweisschild. Wie eine lebendige Statue - in sich selbst ruhend, wies es fest und unbeirrbar in eine Richtung.

Das war ein Hinweis! Ein Hinweis für ihn! Er sollte in die Richtung gehen, in die es zeigte?

Und wenn er es nicht tat? Das Wesen hatte ihn besiegt, gestürzt. Es hatte seine Flügel zur Untauglichkeit gefaltet und ihn verhöhnt. Er war schließlich eine Ewigkeit im Nichts gefangen und nun sollte er dem Hinweis folgen?

Er tat gar nichts!

… und es geschah gar nichts.

Er wandte sich um, doch überall war gar nichts.

Was hatte er für eine Alternative?

Also ging er dorthin, wo das Wesen hinwies.

Kaum hatte er den ersten Schritt in die Richtung getan, erwachte er!

Erwachen

Erwachen, sehen, bewusst…

„wahr" nehmen…

… wahrnehmen.

Was ist das? Was ist wahr?

Das Gehirn schwimmt im Dunkeln. Nur elektrische Signale erreichen es.

Der Ursprung des elektrischen Signals entscheidet, was ich „wahr" nehme?

Kann ein elektrisches Signal Entscheidungen fällen?

Thomas Stan Hemken Juli 2015

Die Erkenntnis

Er riss die Augen auf und konnte es nicht fassen! Was war geschehen? Das war doch kein Traum mehr! Er war so lange fort - gefangen im Nichts! Oder war es nicht lange? Aber die Dauer hatte ihm unsagbare Qualen bereitet! Und nun war er in seinem Bett? Er schaute auf die Uhr. Dort war die Uhrzeit: 6:24 Uhr morgens. Das Datum zeigte, dass es der nächste Tag war. Es war nur eine Nacht vergangen?

Er war in seinem Zimmer! Nicht in einem Krankenhaus, voller Drähte und Schläuche, wie er es befürchtet hatte und schon gar nicht in einem Sarg, wie er schon resigniert hingenommen hatte.

Er war entsetzt und atmete schnell. Sein Herz schlug wie wild gegen seinen Brustkorb. Das war der Horror! Warum träumte er sowas? Wurde er verrückt?

Irgendwann beruhigte er sich, saß immer noch aufrecht im Bett und schaute aus dem Fenster. Es war hell und er genoss es. Es gab ein Oben ein Unten. Es war unglaublich schön und überall gab es Richtungen und Möglichkeiten, die er wählen konnte und in die er gehen konnte.

Er fühlte sich auf einmal so glücklich und zufrieden, wie nie zuvor. Wie sich ein Mensch fühlen musste, der dem Tod entronnen war. Alles hier war so voller Leben!

Dann dachte er wieder an das Wesen. Daran wie es dort stand und ihm die Richtung wies. Es hatte ihn bedroht, bekämpft und schließlich zu Fall gebracht - um ihn anschließend zu befreien!

Warum?

Dann wurde es ihm wie eine unumgängliche göttlich eingegebene Intuition bewusst.

Dieses Wesen ist die Göttin der Angst!

Albtraum

Du sollst nun wachen – im Traum, darfst nicht ruh'n.

Unglaubliche Dinge sollst du erleben – und kannst nichts dagegen tun.

Angst und Hoffnungslosigkeit sind nun dein Freund und Begleiter.

Treiben dich an! Treiben dich fort! Treiben dich weiter!

Freunde, die Du suchst zu vermeiden, ihr Dasein abzustreiten.

Freunde, deren Freundschaft unkündbar ist, weil sie immerfort dich begleiten.

Solange Du fliehst, sind sie bei Dir und Feind!

Nimmst Du sie an, sind sie treu Dir und Freund!

Thomas Stan Hemken 2014

Kapitel 8
Quelle der Inspiration

Der Herr der Wolken

Er steht da , mit der Ruhe eines Sonnenuntergangs. Majestätisch sieht er die Wolken im harten Winde vorbeiziehen. Unaufhaltsam und jeglichem menschlichem Bemühen trotzend, sie zu bestimmen, aufzuhalten oder gar zu lenken, scheinen sie ihren Weg zu ziehen. Doch der Flügelmann weiß von ihrer Herkunft. Er kennt ihre Bestimmung und er kennt ihr Ziel. Die Strahlen der Sonne durchtränken die Wolken und fallen wie eine Gnade Gottes irgendwo scheinbar unbestimmbar auf die Erde. Der Wind bläst stark und scheint die weltliche Ordnung verwischen zu wollen

Blätter wehen haltlos umher und die Vögel nutzen die Gelegenheit für ihre fröhlichen Gleitspiele im Wind.

Der Flügelmann atmet diese Energie tief in sich ein und auch wenn er nur auf einem Fleck zu stehen scheint, so spürt er doch seine Flügel, welche nur für ihn sichtbar sind, und ahnt die Unendlichkeit, die er mit ihnen zu erreichen vermag!

Was ist es, das die Wolken treibt? Was, das die Luft bewegt? Was sendet die Sonne zu Boden und bestimmt die Bahnen der Blätter im Wind? Ist alles so, wie wir es zu sehen glauben?

Thomas Stan Hemken 1998